AF451609

MARIA,

OU

L'ENFANT DE L'INFORTUNE,

PAR V. D'A......

Vita misero longa, felici brevis.

TOME SECOND.

Nouvelle Édition.

PARIS,

Librairie populaire des villes et des campagnes,
Rue du Paon-St-André-des-Arts, 8.

1851

POISSY. — Typographie ARBIEU.

MARIA

OU

L'ENFANT DE L'INFORTUNE.

———

CHAPITRE X.

Comme je n'avais qu'à me louer des procédés de l'exempt à mon égard, je l'invitai à dîner avec moi, de même que son compagnon, qui n'avait pas encore ouvert la bouche, et qui, pendant tout le voyage, ne joua qu'un rôle très-secondaire. Le dîner ne fut pas aussi triste qu'on devait naturellement s'y attendre ; nous avions pris notre parti, et Maria ne démentit point l'idée qu'elle m'avait donnée de son caractère.

L'exempt me proposa, dans le cas où je le jugerais convenable, de faire mettre les scellés sur mes armoires et sur mon secrétaire ; mais j'avais trop de confiance en mes domestiques pour leur faire l'injure de les soupçonner, et je le refusai. Je donnai même des blancs-seings et tous les pouvoirs nécessaires à l'honnête agent que j'avais mis à la tête de ma maison afin que pendant mon absence il pût régir mes petits domaines, et y faire même les améliorations et changements qu'il jugerait avantageux.

Nos affaires étant terminées, je demandai moi-même à partir ; le jour s'avançait, et je voulais me mettre en route avant la nuit. L'exempt envoya chercher des chevaux de poste qu'il fit atteler à une berline dans laquelle il était venu ; nous y plaçâmes nos effets et nous nous disposâmes à partir. Les adieux de mes domestiques, qui fondaient en larmes, me causèrent la plus vive émotion ; j'en fus tellement attendri que je ne pus retenir les miennes. Maria ne fut pas moins touchée que moi de ce spectacle déchirant; mais elle sut le soutenir avec plus de courage. Tout son regret, me dit-elle dans un moment où nous nous trouvâmes sans témoins, était de me voir souffrir par rapport à elle seule. Je ne pus m'empêcher d'admirer la trempe énergiqes de son âme, et si je ne l'en aimai pas davantage, elle ajouta du moins à l'idée que je m'étais faite de sa fermeté.

Nous partîmes à l'entrée de la nuit; il me parut que le projet de l'exempt, pour se conformer sans doute aux instructions qu'il avait reçues, était de ne point marcher le jour; car, tout le temps que dura notre voyage, la journée était destinée au repos, et nous ne nous remettions en route qu'à la nuit fermée. La voiture était garnie de glaces pour empêcher le froid d'y pénétrer et pour y renouveler l'air au besoin; mais il y avait en outre des jalousies pratiquées de manière qu'il était impossible de reconnaître la route que nous tenions.

A la pointe du jour, nous nous arrêtâmes dans une auberge, où, probablement, nous étions attendus, car tout était disposé pour nous y recevoir. On nous conduisit dans une chambre assez propre, où il se trouvait deux lits prêts à nous recevoir dans le cas où nous jugerions à propos de nous coucher. Les jours de cette chambre étaient bouchés tellement que, sans intercepter la lumière, il nous était impossible de rien voir du dehors; c'était, en un mot, une espèce de prison.

L'exempt nous prévint que nous y passerions la journée, et nous invita à prendre du repos, en nous annonçant, pour nous y déterminer, que notre voyage serait un peu long. Il nous servit lui-même à déjeuner, et nous demanda l'heure pour laquelle nous désirions qu'on préparât le dîner. Je le laissai le maître de cette disposition : il me répondit qu'il allait donner ses ordres de manière que nous pussions prendre une heure de repos avant de nous remettre en route. Il sortit après cette explication, et nous laissa parfaitement libres.

Nous trouvâmes dans la chambre que nous occupions toutes les commodités que nous pouvions désirer ; il paraissait qu'au moyen de ces prévenances on avait eu l'intention de nous rassurer sur le sort qu'on nous préparait. Après le déjeuner, où nous mangeâmes d'assez bon appétit, j'engageai Maria à se coucher, ce qu'elle fit ; pour moi, je me jetai dans un grand fauteuil de veille, où je dormis environ trois heures : ma pupille en dormit cinq. Elle venait de se lever lorsque l'exempt entra pour le dîner. Je remarquai qu'aucuns domestiques ne pénétrèrent dans notre chambre. L'exempt et son compagnon se chargèrent du soin de mettre le couvert, et allèrent en dehors de la porte chercher les plats qu'ils posaient sur la table. Nous dînâmes ensemble tous quatre ; le repas fini, ils se levèrent de table, et se retirèrent, ainsi qu'ils en avaient usé après le déjeuner.

A l'entrée de la nuit, nous remontâmes en voiture avec le même mystère, et sans avoir aperçu la moindre figure humaine, pas même les postillons chargés de nous conduire. Notre voyage dura cinq jours entiers, arrivant et partant chaque fois avec les mêmes précautions, toujours servis aussi mystérieusement, et sans aucune communication qu'avec nos deux gardiens.

Vers la fin du cinquième jour, ou plutôt de la cinquième nuit, la voiture s'arrêta sur un signal que fit l'exempt ; il nous annonça que notre voyage touchait à son terme ; puis il ajouta qu'un ordre particulier, dont il était porteur, lui enjoignait de nous bander les yeux au moment de notre arrivée, et qu'il nous priait de vouloir bien nous y conformer, sans y mettre la plus légère opposition. Cette précaution me parut non seulement d'assez mauvais augure, mais surtout tyrannique et vexatoire, et je m'en expliquai même fort vivement. L'exempt me calma par l'assurance qu'il me donna que je pouvais être tranquille, que cette contrainte ne durerait pas longtemps, et que je jugerais moi-même de la nécessité de cette mesure, s'il lui était permis de me faire part des motifs qu'avait eus le gouvernement pour la prendre. -

Ces raisons étaient aussi bonnes, qu'elles pouvaient l'être, et je vis qu'il était plus sage de me résigner. J'engageai Maria à se prêter de bonne grâce à ce qu'on exigeait de nous; elle y consentit sans hésiter. Je remis notre sort entre les mains de la Providence, et je me laissai bander les yeux. Comme j'étais à côté de Maria, dans le fond de la berline, je la prit par la main pour la rassurer, et je ne la quittai point que nous ne fussions arrivés.

Dès que cette opération fut terminée, les chevaux reprirent leur course, et après une heure environ de marche, la voiture s'arrêta à la porte d'une maison dans la cour de laquelle on nous fit entrer. Lorsque les portes en furent refermées, on nous débanda les yeux; il était alors grand jour. Un homme jeune encore, qui avait assez bonne mine et l'extérieur prévenant, vint nous recevoir, et nous conduisit dans une petite salle, où l'exempt et son compagnon nous suivirent. Ils nous remirent entre les mains de ce geôlier, d'une espèce particulière, nous recommandèrent à ses soins, et se retirèrent après en avoir pris un reçu.

Quelle était cette prison, qu'à en juger par le temps que nous avions mis à nous y rendre, j'estimai devoir être éloignée d'au moins cent lieues de la capitale? Ce n'était à coup sûr ni Pierre-Encise, ni le Mont Saint-

Michel; le peu que j'en avais vu ne ressemblait aucunement aux-maisons de cette espèce. La conduite extraordinaire que l'on avait tenue à notre égard était une énigme difficile à débrouiller, et je remis à un moment plus favorable à en chercher le mot.

Après le départ de nos conducteurs, notre nouvel hôte nous conduisit dans le local qui nous était destiné; il consistait en deux chambres à cheminées, donnant l'une dans l'autre, dont la plus grande pour moi, et la seconde pour Maria. L'ameublement en était simple, mais propre : les fenêtres étaient disposées de manière que nous pouvions renouveler à volonté l'air de la chambre, et recevoir du jour, sans qu'il nous fut possible cependant d'examiner ce qui se passait en dehors.

Notre gardien nous assura qu'il ne tiendrait pas à lui que nous ne trouvassions notre sort au moins supportable; qu'il adoucirait autant qu'il serait en son pouvoir la rigueur de no-

tre détention, et qu'enfin nous pouvions lui demander hardiment tout
ce qui serait dans le cas de nous
être agréable, sauf à nous refuser s'il
arrivait que la chose fût hors de ses
moyens. Ce langage me surprit, et je
ne savais trop ce que je devais en
croire ; mais au ton de franchise et de
naturel qui régnait dans son discours,
je l'avais bien jugé. Il alla jusqu'à nous
offrir des livres, des plumes, du pa-
dier, des crayons, à la seule condition
de lui représenter, au besoin, le même
nombre de feuilles employées ou blan-
ches. Je ne dissimulai point l'étonnement où son procédé me jetait ; il me
répondit qu'à la vérité il outrepassait
en cela les ordres qu'on lui avait don-
nés, mais qu'il avait ses raisons pour
en agir ainsi, raisons dans lesquelles
je ne pouvais ni ne devais entrer,
quant à présent.

Il nous fit servir à dîner, et nous
n'eûmes pas à nous plaindre de la manière dont nous fûmes traités. Je lui

demandai, par forme de conversation, si la maison où nous étions détenus avait un jardin qui en dépendit, et s'il nous serait permis d'y prendre l'air de temps en temps. » Si je m'en rapporte, me dit-il, aux instructions que j'ai reçues, vous n'aurez cette faculté qu'une fois par semaine, et une heure par chaque fois ; mais je prendrai des mesures pour l'étendre autant qu'il sera possible. Je dis que je prendrai des mesures, parce que vous présumez bien que je ne suis pas seul dans cette maison, et que j'y ai des surveillants, qui, tout subordonnés qu'il me sont ; pourraient être dans le cas de me nuire, si je n'étais pas plus adroit qu'eux. — Je serais fâché, lui répondi-je, que vous vous compromission en la moindre chose par rapport à moi, et je ne souffrirai jamais... — Ce sont mes affaires, reprit-il, je ne me nomme pas Prudent pour rien ; soyez bien sûr que quand je ferai quelque chose, c'est que je croirai pouvoir le le faire sans nuire à notre sûreté réciproque. Pour en revenir au jardin, son étendue peut être d'environ un demi-arpent : les murs en sont fort élevés, et ceux qui se promènent ne peuvent être vus de personne, ni voir rien autre chose que le ciel et les arbres qui y sont plantés. Je ferai en sorte que vous en puissiez juger demain ; mais, adieu, j'ai ma ronde à faire, et je cours où mon devoir m'appelle. »

Il sortit, et nous laissa dans un étonnement dont nous fûmes quelque temps à nous remettre. Que voulait-il dire, et par quel heureux hasard notre sort se trouvait-il remis en de si bonnes mains ? Une observation de Maria confondit encore mes idées à cet égard ; elle ne se rappelait pas d'avoir jamais vu notre gardien, mais elle prétendait que sa voix ne lui était pas inconnue. Ne pouvant rien comprendre à tout ce qui venait de nous arriver, je laissai au temps le soin de débrouiller ce mystère. Comme nous avions besoin de repos après la fatigue d'une route aussi longue, j'engageai Maria à se coucher de bonne heure, et j'en fis autant.

Il me fut impossible, malgré le besoin que j'avais de dormir, de fermer l'œil de toute la nuit. Les réflexions les plus noires m'assiégèrent en foule; j'allai jusqu'à me persuader qu'on en voulait à ma vie; l'existence n'était pas à coup sûr l'objet de mes regrets, je n'y tenais plus que pour l'infortunée que j'avais arrachée au trépas, et que ma mort, supposé que la proscription ne l'eût pas atteinte, aurait livrée à l'abandon le plus cruel. Le jour me surprit dans ces tristes pensées. A la fin, je rougis de ma faiblesse, je rappelai mon courage, et me résignai à mon sort, tel qu'il pût être, je résolus de faire tête à l'orage.

Je me levai, la curiosité me porta à visiter le local où j'allais passer le temps qu'il plairait à mon persécuteur de m'y retenir. Je remarquai qu'on n'y avait rien négligé de tout ce qui pouvait concourir à rendre notre captivité plus douce. Comme il me parut que notre geôlier avait été chargé de tous ces arrangements, je ne doutai pas que ces petites recherches ne fussent son ouvrage.

J'entrai dans la chambre de Maria, pour y faire le même examen; elle était voûtée comme la mienne, et le jour y pénétrait de la même manière. Ma pupille dormait encore du doux sommeil de l'innocence; son teint était frais et reposé; il restait cependant encore sur ses joues vermeilles quelques traces de pleurs que le jour, qui donnait sur son visage, me fit apercevoir. Cet objet douloureux renouvela ma peine; je ne pus m'empêcher de gémir sur le sort de cette intéressante victime du malheur, qu'un destin jaloux poursuivait depuis le commencement de sa carrière, et que l'avenir ne me paraissait pas propre à améliorer. Je restai quelques momens à l'observer avec attendrissement, et je me retirai ensuite pour ne pas troubler son repos.

En voulant repasser dans ma chambre, mon pied heurta contre une chaise que je n'avais point aperçue, et que je renversai. Le bruit qu'elle fit en tombant réveilla Maria ; elle ouvrit les yeux avec une espèce d'effroi ; mais dès qu'elle m'aperçut, elle se remit de sa frayeur, et me tendant les bras : « Approchez mon bon papa, me dit-elle, et venez embrasser votre fille. » En disant ses mots, elle me serrait dans ses bras, comme si elle eût craint qu'on ne voulût l'en arracher. » J'ai eu bien du chagrin cette nuit, poursuivit-elle : j'ai rêvé à plusieurs reprises qu'on voulait me séparer de vous; jugez de l'angoisse cruelle qu'a dû éprouver mon cœur ! je me suis éveillée en sursaut, mes larmes ont coulé avec abondance; mais ayant peu à peu re-

pris mes sens, je me suis bientôt cal-
mée, en m'assurant que ce n'était
qu'un rêve. » Je l'embrassai de nouveau, et je l'exhortai à voir notre
situation d'un œil plus tranquille.
« Gardons-nous, mon enfant, lui dis-
je en lui serrant la main, gardons-nous
de nous méfier de la Providence ; elle
a sans cesse les yeux ouverts sur nous ;
elle connaît notre faiblesse, et ne nous
abandonnera pas. »

CHAPITRE XI.

J'étais encore occupé à consoler
Maria, et je cherchais à la rassurer,
en lui inspirant une confiance que je
n'avais pas-moi-même, lorsqu'on ouvrit la porte de ma chambre, c'était
notre honnête gardien, qui venait nous
demander si nous avions besoine de

quelque chose pour notre déjeuner. J'avais l'air assez triste, et je l'étais effectivement ; je ne cherchais pas même à le cacher. Il ne tarda pas à s'en apercevoir, et s'approchant de moi d'un air plein de franchise, il me dit : Cessez de vous affliger, Monsieur ; je conviens que votre situation n'est rien moins qu'agréable, mais daignez prendre en moi quelque confiance : je ne suis point un méchant homme, il s'en faut : loin d'aggraver vos peines, je mettrai toûs mes soins à les soulager. Vous ne manquerez point dans cette maison, comme je crois vous l'avoir dit, d'aucune des choses qu'il dépendra de moi de vous procurer. J'ai reçu mes instructions de deux façons différentes : c'est à moi de les accorder sans compromettre votre sûreté ni la mienne. Ma franchise a lieu sans doute de vous surprendre ; mais j'ai des données sur votre compte qui la justifient ; je ne puis vous en dire davantage pour le moment. Je devine que vous êtes malheureux, comme bien d'autres, sans l'avoir mérité : vous n'êtes pas le premier qui gémissez sous la verge du despotisme, et malheureusement vous ne serez pas le dernier ; mais qu'y faire ! prendre son mal en patience. Demandez-moi toujours hardiment ce qui vous fera plaisir, si je vous refuse quelquefois, c'est que j'aurai de bonnes raisons pour le faire ; ne vous en affligez pas. Je me nomme Prudent ; appelez-moi toutes les fois que vous aurez besoin de mes services, je serai sur-le-champ à vos ordres. Vous ne verrez personne que moi seul, et je me flatte que quand vous me connaîtrez mieux, j'obtiendrai de vous peut-être plus que de la confiance. J'ai cru cette explication nécessaire ; c'est une fois dit pour toutes.

Je le remerciai de ses offres, en l'assurant que j'étais disposé à en user et même à en abuser, que je le priais de nous procurer du café. « Que je suis fâché, me dit-il, que vous ne m'en ayez pas prévenu hier soir, vous en eussiez trouvé de tout près à votre réveil. Cette maison est isolée : il faut aller loin pour la provision, parce que les environs sont assez mal fournis, surtout des choses qui ne sont pas dans ces cantons d'un usage habituel, mais il est encore d'assez bonne heure pour en avoir ; je vais faire monter à cheval mon commissionnaire, et j'espère être promptement en état de vous en préparer.

Je voulus m'opposer à ce qu'il en envoyât chercher, d'autant que la chose n'était qu'une fantaisie que je pourrais satisfaire un autre jour, et que d'ailleurs je n'avais pas l'habitude d'en prendre ni le matin, ni même après le dîner. C'est égal, répliqua-t-il, vous en aurez. En achevant ces mots, il sortit avec précipitation, ferma la porte ; et quelque chose que je pusse dire pour l'arrêter, il ne m'écouta pas et disparut. Je lui sus le meilleur gré de son zèle, parce que je me sentais la tête un peu embarrassée, et que j'avais remarqué de tout temps que le café, auquel je n'étais point habitué, donnait du ressort à mes organes, et rendait à mon sang plus d'activité.

Nous nous entretînmes après son départ du caractère original de cet homme singulier; il nous parut digne de toute confiance : cependant notre position était telle, que je recommandai à Maria d'user avec lui de la plus grande réserve, me promettant de mon côté d'en agir de même. J'espérais néanmoins tirer par son moyen quelques éclaircissements sur notre sort, supposé qu'il en fût instruit; mais je remis à un autre moment, à m'occuper du soin de le sonder à ce sujet.

Je quittai Maria pour lui laisser le loisir de se lever, et je rentrai dans ma chambre, où je pris un livre qui se trouva sur la table; c'était, si je me le rappelle, un volume des œuvres d'Hamilton : je n'étais pas en disposition de me livrer à une pareille lecture, et je remis le volume où je l'avais trouvé. Maria cependant s'était habillée, et vint me rejoindre. Nous étions curieux de visiter le jardin où il devait nous être permis de prendre quelquefois l'air ; mais il fallait pour cela que notre geôlier fût de retour, et il ne se fit pas attendre.

Il revint en effet, et même avant l'heure qu'il avait fixée : il nous servit de bon café, dont nous prîmes chacun une tasse : je lui proposai de faire comme nous ; mais il ne voulut rien accepter, quelques instances que je lui fisse, en m'alléguant qu'il avait déjeuné ; je n'insistai plus. Je lui demandai si nous pourrions prendre l'air dans le jardin, et à quelle heure, comme il nous l'avait annoncé. Dans un quart-d'heure, me répondit-il, et voilà qu'il part, comme un éclair.

Il reparut au temps dit, et nous avertit que nous pouvions le suivre. Il nous fit passer un corridor assez sombre, au bout duquel nous trouvâmes, une porte qu'il ouvrit, et par laquelle nous entrâmes dans le jardin. Il était médiocrement grand ; ses murs, couverts de vignes et d'espaliers mal entretenus, s'élevaient à la hauteur de 20 à 24 pieds. Il n'y avait effectivement aucune vue qui donnât dessus ; on n'entendait pas le moindre bruit aux environs ; il semblait être situé au milieu d'un désert. Au fond s'élevait un couvert formé par des tilleuls ; le reste était divisé en quatre carrés dans lesquels il y avait des plantes potagères : des arbres fruitiers à basse tige en garnissaient le tour ; les allées étaient assez larges pour s'y promener à l'aise. Il y régnait enfin une espèce de désordre qui le rendait assez agréable.

Notre bon geôlier nous y laissa libres, sans cependant nous perdre de vue, et s'occupa, pendant que nous nous promenions, tant à nettoyer les carrés qu'à visiter les arbres pour en ôter les insectes qui pouvaient leur nuire. Il nous dit que les fruits étaient à notre disposition, et que nous étions les maîtres d'en user à notre gré. Maria qui aimait beaucoup les fleurs, lui demanda la permission d'en cueillir quelques-unes dans une grande corbeille qui était toute remplie de celles de la saison : il lui répondit comme à l'égard des fruits que rien ne l'empêchait de se satisfaire. Je le remerciai de son attention, et Maria en prit une poignée des plus belles, qu'elle se proposa de mettre dans l'eau sur notre cheminée. Nous nous promenions aussi souvent que nous pouvions le désirer : Prudent portait son attention jusqu'à prévenir, à cet égard, nos moindres désirs ; la saison s'avançait, les pluies étaient continuelles et les ournées paraissaient bien longues, quand on n'a ni occupation ni amusement. Il y avait plus d'un mois que nous vivions dans une inaction fatigante ; l'ennui commençait à nous gagner ; on ne peut pas toujours lire ; d'ailleurs la lecture qui nous aurait le plus intéressés était celle des papiers publics, et elle nous était sévèrement interdite. J'éprouvai alors que le supplice le plus grand qu'on puisse faire subir à un prisonnier est de le laisser végéter dans une ignorance absolue de tout ce qui se passe sur la scène du monde.

Je demandai un jour à notre gardien s'il ne serait pas possible d'avoir un forte-piano et un violon ; Maria touchait fort agréablement de l'un, et je jouais assez passablement de l'autre pour l'accompagner. Cette innocente occupation aurait fait diversion à notre ennui, et nous eût aidés à supporter une captivité d'autant plus cruelle, que le terme nous en était inconnu. Prudent me répondit qu'il en ferait la demande de manière à n'être pas refusé ; en s'exprimant de la sorte, il avait ses vues qu'il m'était impossible alors de pénétrer. Cela nous conduisit à parler de musique ; il nous dit qu'il l'avait apprise dans sa jeunesse, et même qu'il écorchait quelques airs sur la flûte traversière ; ce sont les termes dont il se servit. Nous le priâmes d'embellir notre solitude par le charme de ses talents. Il nous quitta sans rien dire, et revint bientôt après avec une flûte et un cahier de musique ; il nous fit entendre les airs les plus agréables des pièces modernes, telles que la *Cáravane*, *Blaise et Babet*, *Tarare*, *l'Amant Jaloux*, *l'Epreuve villageoise*, et surtout *Richard Cœur de Lion*, qui était dans sa plus grande vogue. Il semblait ajouter à leur mérite par la manière dont il les exécutait. La voix de Maria n'était pas fort étendue, mais elle l'avait agréable et juste. Elle se hasarda de chanter la romance du *Droit du Seigneur*, et Prudent la fit valoir par la légèreté et la douceur de ses accompagnements.

Il y avait longtemps que nous n'avions passé une soirée aussi amusante : je le remerciai de sa complaisance, en lui témoignant combien je m'estimais heureux dans mon malheur d'être tombé en de si bonnes mains. « Cela vaut bien la peine d'en parler, me répondit-il avec cette brusquerie franche et amicale qui le caractérisait. Notre devoir réciproque n'est-il pas de nous entr'aider mutuellement ? c'est mon tour aujourd'hui, ce sera demain le vôtre. Point de remerciments, si vous voulez que nous soyons bons amis. Toutes les fois que vous aurez besoin de mes services, je serai à vos ordres : point de gêne ; il est l'heure de se retirer ; bonsoir et bonne nuit. » Et il partit sans donner le temps de répondre, et nous laissant dans un étonnement sans égal.

Il n'y avait pas d'attentions et de prévenances que ce brave homme ne mît en œuvre pour adoucir la rigueur de notre captivité. Il ne me parla point de la demande que je lui avais faite, et je ne jugeai pas à propos de la rappeler à son souvenir, mais il ne l'avait point oubliée ; et un jour qu'il avait prolongé, sans doute à dessein, notre promenade, nous trouvâmes, en entrant dans notre chambre, un fortépiano, un violon, et des livres de musique. Cette surprise, pleine de délicatesse, me toucha sensiblement, et je m'aperçus avec plaisir qu'elle avait fait la même impression sur Maria. J'ai su que c'était à lui seul que nous avions dû cet adoucissement à nos peines ; il prit autant de soins de nous cacher cette bonne action, qu'un criminel en aurait pris pour se soustraire aux poursuites de la justice.

Je me récriai sur la surprise agréable qu'il nous avait procurée, mais j'affectai à dessein de ne l'en point remercier : il en fit la remarque, et me dit en riant : « Je suis content de vous : vous commencez à vous corriger ; voilà comment j'aime qu'on agisse avec moi.

Sachez, pour la dernière fois, que je suis à vos ordres, et que le plus grand plaisir que vous puissiez me faire, c'est de me fournir les occasions de vous être utile. » Je lui serrai les mains en versant quelques larmes, qui n'échappèrent point à ses regards, et auxquelles il parut sensible. Dès le jour même, nous formâmes un petit concert, que nous trouvâmes fort agréable, et qui nous fit passer une après-dînée délicieuse.

Nous dûmes encore aux soins obligeants de notre estimable ami, car il avait plus de droit que personne à ce titre, un autre genre d'amusement qui, dans notre solitude, était précieux pour nous. Il prit sur lui de nous procurer de temps en temps les papiers publics : il est vrai que ceux qu'il remettait entre nos mains étaient purement littéraires, mais nous ne les dévorions pas moins avec avidité : ils nous donnaient connaissance des arts d'agrément, des spectacles, et généra lement de ce qui se passait dans le monde littéraire. Ce n'était pas précisément ce que j'aurais désiré d'y trouver, dans la crise politique qui agitait alors la France ; mais c'était toujours quelque chose.

CHAPITRE XII.

Nos jours cependant s'écoulaient avec lenteur, la monotonie de nos occupations, et même de nos amusements, devenait fatigante. Il y avait près de six mois que nous étions renfermés, et l'hiver avait été si pluvieux, qu'il ne nous avait presque pas été possible de jouir de la promenade. L'inépuisable Prudent avait beau multiplier, sous toutes les formes possibles, les amusements qu'il tâchait de nous procurer, le cercle n'en pouvait être qu'extrêmement borné, et notre captivité commençait à nous paraître affreuse. Si nous en eussions au moins connu le terme, l'espérance de le voir enfin arriver, eût soutenu notre courage ; mais l'incertitude où nous étions sur la durée qu'elle devait avoir rendait notre position plus affreuse qu'elle ne l'était réellement.

Je craignais que la santé de Maria ne s'en altérât : accoutumée au grand air dès sa plus tendre jeunesse, il était à craindre qu'un changement aussi subit ne nuisît en elle au développement de la nature, et ne finît par lui devenir funeste. Sa tendresse pour moi ne se démentait pas ; il n'était pas de caresses, d'attentions, de moyens qu'elle ne mît en œuvre pour adoucir l'amertume du chagrin qui me dévorait, et si elle n'y parvenait pas, c'est que la plaie était trop profonde pour être guérie facilement ; mais elle avait l'art de la rendre moins douloureuse.

Je remarquai avec plaisir que sa

santé se soutenait ; un peu de paleur
avait succédé seulement au vif incar-
nat de ses joues vermeilles. Je dois
avouer, à ma honte, qu'elle montrait
plus de philosophie et de fermeté que
moi ; c'était elle qui me consolait et
relevait mon courage chancelant. Elle
me disait quelquefois que le seul chagrin qu'elle éprouvait, c'était de me
voir malheureux pour lui avoir sauvé
la vie ; elle ne cessait de se reprocher
la captivité cruelle dans laquelle je
languissait ; je l'ai surprise même versant des larmes amers sur le malheur
qui me poursuivait, et dont elle se
regardait comme la principale cause.
Je la rassurais du mieux qu'il m'était
possible ; et pour la convaincre de la
sincérité de mes sentiments, je lui ju-
rais, ce qui était vrai, que si je me
rouvais dans la même situation, je
n'hésiterais point à me conduire comme je l'avais fait à son égard, quelle
qu'en dût être l'issue.

Cependant ma santé déclinait visiblement, et je ne tardai pas à tomber malade. Maria en fut sincèrement affligée ; elle me rendit tous les services qui pouvaient dépendre d'elle ; jour et nuit elle était sur pied, la garde la plus vigilante n'en eût pas fait davantage. Notre estimable geôlier partageait ses soins et ne me laissait manquer de rien de ce qui pouvait convenir à mon état. La maladie dont j'étais attaqué prit un caractère si sérieux, que j'en fus alarmé : je priai Prudent d'appeler un médecin. « Croyez-vous, me dit-il, que j'aurais attendu votre demande, si la chose eût été en mon pouvoir ? mais la première de mes instructions porte de ne vous laisser communiquer avec qui que ce soit de dehors, même en cas de maladie. » Cela me fournit l'occasion de lui demander dans quelle maison j'étais détenu, et a quelle distance elle était de Paris. « Je suis, reprit-il, au désespoir de vous refuser ; mais je ne puis vous satisfaire ni sur l'une ni sur l'autre de ces questions : tout ce que je peux vous dire, c'est qu'il n'y a point d'autres prisonniers que vous dans cette maison, qui, à la vérité, n'est pas grande, mais dont la situation est telle, qu'on tenterait vainement de s'en échapper : je ne dis pas cela pour vous'; votre parole et les portes ouvertes, je dormirais tranquille. Quant à votre maladie, rassurez-vous ; sans être médecin, je connais la propriété des simples, et j'espère, Dieu aidant, vous tirer d'affaire. »

Cependant le mal empirait, et le danger devenait pressant. Une nuit où la maladie était parvenue à un point tout à fait critique, je vis entrer Prudent avec un homme que je ne connaissais pas; c'était un médecin qu'il avait trouvé moyen d'introduire dans ma chambre, malgré les employés subalternes chargés de le seconder dans le soin de me garder. L'intérêt de ma conservation l'avait fait passer sur le risque qu'il qu'il courait, dans le le cas où il aurait été découvert.

Je me croyais au terme de ma vie. Le médecin, qui me parut un homme consommé dans l'art, s'approcha de mon lit, me tâta le pouls, fit quelques questions à Prudent, et ordonna des remèdes qui me furent administrés le lendemain, et qui me procurèrent quelque soulagement : il recommanda qu'on renouvelât souvent l'air de ma chambre, et me dit, en me quittant, qu'au moyen des remèdes qu'il avait prescrits, il espérait que la maladie dont j'étais attaqué n'aurait pas de suites dangereuses. Prudent le fit sortir avec les mêmes précautions qu'il avait prises pour l'introduire. Il revint à la même heure pendant cinq nuits de suite, après lesquelles je ne le revis plus. Il avait jugé sans doute que j'étais hors de danger; je me sentais beaucoup mieux. Je guéris enfin, grâce aux bon soins de Maria, et au zèle infatigable du sensible Prudent ; mais ma convalescence fut longue et pénible.

Dès que je fus assez fort pour prendre l'air, Prudent et Maria me conduisirent, à l'aide de leurs bras, au jardin, où je restais autant que ma situation pouvait me le permettre. Notre généreux ami s'arrangeait de manière qu'il trouvait toujours moyen d'écarter ceux qui pouvaient lui paraître suspects. Ma vie est un de ces bienfaits ; car, si le sort m'avait mis en d'autres mains, cette maladie eût probablement terminé ma triste existence.

Je n'avais qu'un seul regret, c'était de ne pouvoir témoigner à cet homme estimable toute la reconnaissance dont mon cœur était pénétré : sans lui, notre captivité, toute cruelle qu'elle était, le fut devenue bien davantage. Je lui fis part de la peine que j'éprouvais à cet égard, en lui promettant que si jamais j'étais assez heureux pour être rendu à moi-même, je saurais lui prouver qu'il n'avait point eu affaire à un ingrat. « De quoi diable vous occupez-vous? me répondit-il. Songez seulement a vous rétablir, et ne vous embarrassez pas du reste; mais je vois que votre tête travaille, et je veux la guérir; apprenez–donc que j'ai, pour vous garder, un traitement assez considérable, dont je puis disposer à ma volonté; je n'en dois compte à qui que ce soit; c'est de votre personne seule que je dois répondre, et à cet égard, je resterai fidèle à la parole que j'ai donnée. »

Je me bornai alors à lui demander s'il ne lui serait pas possible, sans se compromettre, de faire parvenir une lettre chez moi, pour qu'on m'envoyât de l'argent.

« Cela m'est expressément défendu me dit-il, et je ne puis me prêter à ce que vous désirez de moi; mais qu'avez-vous besoin d'argent? Dans

tous les cas, j'en ai à votre service. »
Je ne lui cachais pas que je n'avais
d'autre but que de l'indemniser de
ses dépenses. « Que vous ai-je fait,
reprit-il, en me serrant la main, pour
me traiter de la sorte? » Je voulus
m'excuser, mais il ne m'en donna
pas le temps. « Si vous pensez, pour-
suivit-il, que le peu que j'ai fait pour
vous soit dans l'espoir d'en tirer jamais la moindre récompense, je ne
vous dissimulerai pas que je regarderai
ce procédé comme une injure, et que
je ne pourrai qu'y être infiniment sensible. Je ne dois pas vous en vouloir;
cependant, vous m'avez jugé comme
tous ceux qui ont embrassé le même
état que moi ; vous n'étiez pas obligé
de me connaître. » J'étais tellement
hors de moi que je n'eus pas la force
de lui répondre ; mais je l'embrassai
et dès ce moment, je conçus pour lui
une estime sans bornes : plus j'eus
lieu de le connaître, et plus je m'ap-

plaudis de la confiance que je lui té-
moignai.

Grâces à ses bons soins et aux attentions de Maria, qui me donna
dans cette circonstance les preuves
les moins équivoques de la bonté de
son cœur, ma convalescence ne se
prolongea pas aussi longtemps que je
devais m'y attendre. En moins de
trois mois mes forces étaient revenues,
et je jouissais d'une santé telle que je
pouvais le désirer. Celle de Maria n'é-
prouvait aucune altération, et je m'en
félicitais d'autant plus que je lui devais en partie l'existence dont je jouissais. Nous nous accoutumions insen-
siblement à notre sort, et l'emploi de
nos moments était si bien distribué,
et si parfaitement rempli, que nous
n'éprouvions presque aucun vide.

CHAPITRE XIII.

Il y avait un an que nous étions

prisonniers, quand un événement inattendu confondit de nouveau toutes mes idées et me replongea dans l'incertitude, relativement à notre position, sur laquelle je formai de vaines conjectures. Il pouvait être environ minuit, et je dormais d'un sommeil assez léger, lorsque j'entendis ouvrir la porte de ma chambre. Cela me surprit d'autant plus que rien de pareil n'était arrivé, excepté pendant que j'étais malade. Je vis entrer, non sans étonnement, notre geôlier ; il était seul et sa figure n'annonçait rien de sinistre. Cependant sa visite à une pareille heure ne laissa pas que de me causer quelque inquiétude ; une foule d'idées toutes plus tristes les unes que les autres vint assiéger mon esprit prompt à se troubler ; mais Prudent, qui avait prévu l'impression que sa présence pouvait faire sur moi, se hâta d'approcher de mon lit, en me disant : « Rassurez-vous, Monsieur, je n'ai que de bonnes nouvelles à vous apprendre; ce sont des dames qui viennent vous rendre visite. — Des dames! repris-je, à cette heure! Et que me veulent-elles? — Je l'ignore; mais elles attendent que vous soyez en état de les recevoir. » J'avais une telle confiance en ce brave homme, que ce peu de mots suffit pour me remettre de mon premier trouble. Je me levai sans perdre de temps, et je lui dis qu'il pouvait faire entrer les dames qu'il m'avait annoncées : il sortit aussitôt pour les avertir.

Des idées bien différentes avaient succédé aux premières que j'avais eues, et n'étaient peut-être pas mieux fondées : l'arrivée des dames y mit fin; elles étaient trois, toutes trois voilées de manière à pouvoir demeurer inconnues; mises avec simplicité, mais avec élégance, et d'une tournure enfin qui annonçait des personnes d'un rang distingué.

J'allai au-devant d'elles, en les

priant d'excuser le désordre de ma toilette, et je leur demandai ce qu'elles désiraient. La plus petite qui marchait en avant des deux autres, prit un siége que je lui présentai, et me fit signe de la main de m'asseoir près d'elle. Les deux autres s'éloignèrent, et furent s'asseoir dans le fond de la chambre, près de mon lit. Prudent s'était retiré, et nous demeurâmes seuls.

La dame, près de laquelle j'étais assis, prit alors la parole, et me dit d'une voix assez basse pour n'être point entendue des deux autres, mais dans laquelle je remarquai de l'altération : « Vous êtes M. de la Barre ?—Oui, lui répondis-je, c'est ainsi que je me nomme.—Vous avez avec vous une jeune fille qui s'appelle Maria ?—Il est vrai, madame, elle est couchée dans la chambre voisine.—Je connais les parents de cette infortunée, et j'ai de fortes raisons pour y prendre le plus grand intérêt. Voulez-vous me faire le

plaisir de me conduire près d'elle ?—
Très-volontiers, madame. » Je me levai, et je pris un flambeau pour l'é-
clairer. Elle me suivit : j'ouvris la porte
de la chambre de Maria, où je m'ar-
rêtai pour la faire passer devant moi.
Elle me prit alors la main et me la
serra d'une manière affectueuse, en
me disant : « Cette enfant vous a de
grandes obligations; je sais tout, et je
serai reconnaissante jusqu'au tombeau
de ce que vous avez fait pour elle. »
Puis se reprenant avec vivacité : « Je
ne suis que l'interprète de l'infortunée à qui elle doit le jour, mais je réponds de ses sentiments comme des
miens propres. »

En disant ces mots, elle me fixa ; ce
qu'elle n'avait pu faire jusqu'à ce moment, parce que la lumière s'étant
trouvée placée devant moi, les traits
de mon visage avaient échappé à ses
regards : elle s'arrêta, nous étions à
l'entrée de la chambre de Maria ; et me
fixant de nouveau, elle me dit d'une

voix encore plus altérée que la première fois qu'elle m'adressa la parole, et qui semblait annoncer qu'il se passait en elle quelque chose d'extraordinaire : « Vous n'avez pas toujours porté le nom de la Barre ?—Il est vrai, madame, lui répondis-je un peu ému. » Elle s'aperçut de l'effet que cette question avait produit sur moi, et s'empressa d'ajouter : « Rassurez-vous, monsieur, je ne trahirai point votre secret ; j'en suis incapable. Si vous me connaissiez !...

Elle n'en dit pas davantage ; mais elle s'avança vers le lit de Maria, qui dormait d'un profond sommeil. Les deux dames qui l'avaient accompagnée étaient restées dans ma chambre, sans doute pour qu'elles ne fussent pas témoins de ce qu'elle se proposait de dire ou de faire. S'avançant alors près de Maria, elle releva le voile qui cachait son visage ; mais elle était placée de façon qu'il me fut impossible de distinguer aucun de ses traits. Elle se

courba sur cette intéressante créature,
en disant : « Chère Maria, triste enfant de l'infortune, reçois ce baiser,
le seul peut-être qu'il me soit jamais
permis de te donner !

Maria s'éveilla, et se trouvant dans
les bras de cette inconnue, s'écria
avec transport : « Oui, vous êtes ma
mère ; je le sens à l'émotion qu'é-
prouve mon cœur ; c'est à vous que je
dois la vie ; que ce moment est doux
pour moi !—Que dites-vous, Maria,
repris-je en l'interrompant ? Faites-
bien attention que vous n'êtes pas
seule. » Mon discours lui remit les
sens, elle fixa la dame qui l'avait em-
brassée, et lui dit : « Pardon, madame,
je n'ai pas eu dessein de vous déplaire ;
je rêvais, au moment que vous m'avez
serrée dans vos bras, que j'étais dans
ceux d'une mère chérie, que je n'ai
jamais connue, et que le ciel venait
d'accorder à mes vœux : je lui rendais
les tendres caresses que son amitié
me prodiguait, et l'illusion était si

forte, qu'en vous embrassant j'ai cru véritablement embrasser ma mère ; je vous prie d'excuser une erreur involontaire que votre présence inattendue a prolongée malgré moi. »

L'étrangère ne lui répondit qu'en la couvrant de nouveaux baisers, et en la baignant de ses larmes. Elle la fit asseoir sur son oreiller, comme pour l'examiner plus à son aise. Elle la prit à différentes fois dans ses bras, et la tint étroitement serrée contre son cœur. Enfin, elle lui donna un dernier baiser, baissa son voile, et se tournant vers moi, elle dit : « Daignez, monsieur, daignez servir de père à cette infortunée ; daignez être son protecteur, son appui ; ne l'abandonnez jamais : si vous saviez combien elle a de droits.... Mais le temps n'est pas venu de vous faire connaître mes sentiments. Adieu.

Elle courut au lit de Maria, lui donna encore un baiser, et me dit en me serrant affectueusement la main : « Mon-

sieur le baron, je vous recommande
cette enfant, qui m'est bien chère;
mais je suis parfaitement tranquille sur
son sort, puisqu'elle a eu le bonheur
de tomber entre vos mains. Que les
desseins de la Providence sont grands!
Peut-être un jour pourrai-je vous en
dire davantage. Aieu. » Elle sortit alors
de la chambre de Maria; et, faisant
signe aux deux femmes qui l'avaient
accompagnée de la suivre, elle partit.

Après l'avoir conduite jusqu'à la
porte, où Prudent l'attendait, je rentrai dans la chambre de Maria, que je
trouvai tout éplorée. « Quelle est donc,
me dit-elle, quelle est cette étrangere
qui m'inspire un si grand intérêt? Combien j'ai été sensible à ses caresses!
elles ont fait sur mon cœur la même
impression que les vôtres: je n'aurais
pas embrassé ma mère avec plus de
plaisir. » Je n'étais pas médiocrement
embarrassé pour lui répondre : je me
perdais moi-même dans une foule d'i-
dées dont je ne pouvais me rendre

compte. Je me contentai de dire à Maria que nous parlerions de cette étonnante visite dans un autre moment,
qu'il était tard, et qu'il convenait
qu'elle se remît dans son lit ; car elle
était restée dans la position où la dame
inconnue l'avait fait maitre.

En tirant son oreiller sur lequel
elle était assise, elle fit tomber une
bourse qui contenait, outre deux cents
louis, un cœur de cristal entouré de
brillants, et suspendu à une chaîne
d'or, dans le milieu duquel il y avait
un chiffre tracé en cheveux ; le tout
était accompagné d'un billet conçu en
ces termes :

« Monsieur de la Barré est prié de
vouloir bien accepter cette bagatelle
non comme une récompense de ses
soins qui sont inappréciables, mais
seulement pour lui faciliter les moyens
de se procurer, dans la situation cruelle
où il se trouve, tout ce qui peut concourir à la rendre plus supportable.
Il peut placer sa confiance dans son
gardien, qui n'en abusera pas. »

« Le cœur de cristal est pour Maria, et doit lui être cher; c'est un don de sa mère, et il contient une portion de ses cheveux, qui en forment le chiffre. »

J'eus à peine achevé la lecture de ce billet, que Maria s'empara du cœur qui était resté sur son lit, et le porta plusieurs fois à sa bouche avec attendrissement et respect: « Gage précieux de la tendresse d'une mère chérie, s'écria-t-elle, tu resteras toujours sur mon cœur; tu ne me quitteras jamais. »

Je ne pouvais plus douter, d'après la visite que nous venions de recevoir, et le contenu du billet renfermé dans la bourse, que Maria ne tînt à des personnes de la plus haute considération; mais je n'avais néanmoins que des soupçons à cet égard, tout éclaircissement devenait plus impraticable que jamais, du moins tant que je serais dans les fers, ou que Pendent, qui paraissait ne devoir pas ignorer cet étrange secret, se verrait dans l'impossibilité de rompre le silence.

CHAPITRE XIV.

Je rentrai dans ma chambre, et je me remis au lit; mais j'étais trop agité pour prendre du repos, et il ne me fut pas possible de fermer l'œil. Tout ce que je venais de voir et d'entendre me paraissait un mystère impénétrable. Plus j'y songeais, et moins je trouvais le mot de l'énigme. J'emploierais plusieurs volumes si je voulais rendre compte de toutes les idées qui me passèrent par la tête. Cependant je trouvais dans la visite que nous avions reçue l'espoir de voir changer notre sort. L'étrangère que j'avais vue, et à laquelle je ne pouvais plus douter qu'appartînt Maria, devait avoir quelque crédit, et mettrait tout en œuvre pour faire cesser notre captivité; les malheureux se flattent toujours, je me berçai de cette espérance, mais l'avenir m'apprit qu'une force supérieure enchaînait la volonté de notre bienfaitrice ; il fallait un événement extraordinaire pour nous rendre la liberté ; nous la lui dûmes en effet ; mais le moment d'en parler n'est pas encore arrivé.

Je me proposai de questionner Prudent sur ce qui venait de se passer, et j'attendis le lendemain avec impatience. Je lui fis plusieurs questions auxquelles il ne put répondre, soit qu'il ne le pût ou ne le voulût pas, soit qu'il ne fût pas mieux instruit que moi. Je le remerciai de la complaisance qu'il avait eue d'introduire cette dame étrangère près de nous, et de faire diversion, au moyen de sa visite, à la solitude profonde dans laquelle nous étions condamnés à vivre. Il me répondit ingénuement que je ne lui devais aucune obligation à ce sujet, et m'avoua qu'il avait été sollicité de se prêter à cette démarche par quelqu'un à qui il n'avait rien à refuser, quand il devrait lui en coûter la vie. Il avoua qu'il ne devinait même pas qui elle pouvait être, et qu'il avait fait choix de la nuit pour l'introduire près de nous, afin que les gens de la maison n'eussent aucune connaissance de ce qu'il avait fait. « Quant à vous, mon cher monsieur, poursuivit-il en me prenant par la main, si vous en savez davantage, ce qui serait possible, mais ce que néanmoins je ne crois pas, je vous exhorte à garder inviolablement votre secret, car il me paraît de nature à être funeste à tous ceux qui pourraient le connaître ; aussi ne suis-je point curieux de le savoir. J'ai assez vécu dans le monde pour ne pas ignorer que moins on est instruit sur certaines choses, et moins on court de risques. »

D'après cette déclaration franche, ou que du moins je devais présumer telle, mais qui ne diminua rien de mon estime pour Prudent, je me gardai bien de pousser mes questions plus loin. Il était aisé de voir ou qu'il n'était pas initié dans les mystères qui environnaient la naissance et la destinée de Maria, ce qui pouvait être probable, ou qu'il avait des raisons majeures pour garder le silence. Dans tous les cas, la prudence me disait de me taire, et je crus devoir m'en tenir au peu que je savais, remettant à m'éclaircir sur ce point, dans des temps plus éloignés, et des circonstances plus favorables. Je jugeai néanmoins qu'il était imprudent, pour Maria et pour moi, que Prudent, au cas qu'il ne fût pas dans le secret, continuât d'être persuadé qu'elle m'appartenait par les liens du sang, et je cherchai toutes les occasions qui se présentaient de le lui donner à croire.

Je ne crus pas devoir lui faire mystère de la bourse que j'avais trouvée sous l'oreiller de Maria, ni de ce qu'elle contenait, et je voulus lui payer les dépenses que mon état de maladie lui avait occasionnées; mais il refusa toutes mes offres; et quelque pressantes que fussent mes instances, il m'opposa toujours une résistance qu'il ne me fut pas possible de vaincre. « Gardez cela, me dit-il, vous pouvez en avoir besoin d'un moment à l'autre; sait-on ce qui peut arriver! Il est bon, comme dit un vieux proverbe, de ménager une poire pour la soif. »

A compter du jour où la dame inconnue qui, selon toutes les apparences, ne pouvait être que la mère de Maria, était venue la baigner de ses larmes dans sa prison, dont sans doute il n'était pas en son pouvoir de briser les portes, je remarquai que les mets qui couvraient notre table étaient plus recherchés, plus variés et plus abondants, les vins mieux choisis et plus fins; nous ne manquions enfin d'aucune des choses qui pouvaient flatter le goût et provoquer l'appétit.

Je m'en expliquai avec Prudent, en le priant de suspendre et d'arrêter même une profusion qui ne pouvait que tourner à son détriment. Cet excellent jeune homme me répondit, avec sa franchise accoutumée, qu'il n'était pour rien dans cette affaire, et qu'il ne voulait pas s'attribuer le mérite d'une action qu'il aurait bien désiré faire, mais qu'il n'avait pas faite par la seule raison que ses moyens ne le lui avaient pas permis. « Je ne fais, ajouta-t-il, qu'exécuter les ordres de la dame étrangère dont vous avez reçu la visite. Elle s'est informée en sortant de la manière dont vous étiez traités, elle n'en parut point satisfaite, et me dit qu'elle s'occuperait des moyens d'y pourvoir. Effectivement elle me fit remettre dès le lendemain une somme de mille écus, avec une lettre de crédit sur un banquier pour me procurer des fonds lorsque j'en aurais besoin. D'après cela, Monsieur, vous voyez que ce n'est point à moi que vous devez l'amélioration de votre sort, mais à la généreuse bienfaitrice qui m'a chargé du soin de l'adoucir. »

Je ne l'en remercierai pas moins, parce qu'il était impossible de mettre plus de zèle et d'activité dans tout ce qui pouvait nous être utile ou seulement agréable. Nous continuâmes à mener le genre de vie que nous avions adopté. Prudent ne laissait échapper aucune occasion de faire diversion à notre ennui, et j'avoue que sans lui nous eussions été à plaindre.

Je m'étonnais toujours qu'un homme qui annonçait autant de délicatesse dans sa façon de penser que de noblesse dans ses procédés eût fait choix d'un état aussi vil que celui de geôlier : je l'estimais assez pour ne pas lui cacher ce que je pensais.

« Vous avez raison, me dit-il, ce n'est pas d'aujourd'hui que j'ai senti la justesse de votre observation; mais que voulez-vous? on fait souvent bien des choses pour lesquelles on a de la répugnance : telle est la condition de l'homme, les circonstances l'entraînent souvent beaucoup plus loin qu'il ne comptait, et il est des cas où il n'est plus possible de reculer. Voilà où j'en suis. Quant à cet état que vous regardez avec raison comme méprisable, et qu'il ne l'est peut-être que par la conduite de ceux qui l'exercent, je vous dirai qu'il ne me répugne pas autant que vous pourriez le croire; la raison en est bien simple : il me met à portée de faire le bien et d'empêcher quelquefois le mal, ou du moins d'en adoucir la rigueur. Cet état, au surplus, n'a pas toujours été le mien; je ne l'ai embrassé que momentanément et par circonstance. Si jamais il m'est permis d'entrer avec vous dans quelques détails à cet égard, j'espère que vous prendrez de moi une tout autre opinion. »

Je me hâtai de rassurer Prudent sur l'idée qu'il présumait que je pouvais avoir de la noblesse de ses sentiments, et j'ajoutai que j'espérais être un jour à même de lui donner des preuves de mon estime et de mon amitié. Ce bon jeune homme, loin de m'en vouloir de ma franchise, sembla redoubler de zèle ; il se multipliait pour ainsi dire afin de varier nos amusements. Il savait que Maria aimait beaucoup les fleurs ; il s'empressait de lui en procurer de toutes sortes ; il en garnissait le jardin pour qu'elle pût avoir la satisfaction de les cueillir elle-même. L'amant le plus passionné, l'ami le plus tendre n'aurait pas eu des prévenances plus délicates : aussi Maria ne négligeait aucune occasion de lui prouver combien elle était reconnaissante de ses attentions, et son cœur était en cela d'accord avec le mien. Si la fierté et l'élévation de son caractère m'eussent été moins connues, je n'aurais peut-être pas hésité à croire qu'il entrait dans les témoignages de sa gratitude un peu plus que de la reconnaissance et de l'amitié.

J'ai dit que Prudhem savait la musique ; il la possédait en effet dans un très-haut degré. Il en donnait tous les jours des leçons à Maria, et savait en écarter le dégoût avec tant d'art, qu'il parvint à en faire une assez bonne musicienne. Elle touchait agréablement du piano ; sa voix n'était pas fort étendue, mais elle avait l'oreille extrêmement juste et chantait avec infiniment de goût. Tout cela était l'ouvrage de Prudent, et je m'en félicitais avec d'autant plus de raison que ces occupations innocentes rendaient plus supportable notre longue captivité.

Quoique, comme dit un ancien proverbe, il n'y ait pas de belle prison, la nôtre était devenue, grâces aux soins généreux de notre bon geôlier, aussi agréable qu'une prison peut l'être ; mais nous n'étions pas libres, nous ne pouvions pas apercevoir dans l'avenir le moment où nous serions rendus à la liberté.

CHAPITRE XV.

Il y avait près de deux ans que nous

étions renfermés sans savoir de quel crime on nous accusait ni quel serait le terme de notre captivité. Cet état d'incertitude était plus cruel que la chose même. Mais tel est le sort de la plupart des prisonniers d'État, le plus souvent on les oublie, ou l'on ne se souvient d'eux que pour apesantir leurs fers. Lorsque le découragement nous gagnait, le zèle de notre gardien semblait prendre une nouvelle activité : il cherchait tous les moyens de nous distraire ; il essayait de nous consoler en assurant qu'il y avait tout lieu de croire que notre situation ne tarderait pas à être améliorée. Je n'ajoutais pas foi à ses paroles ; je ne les regardais même que comme une manière adroite de relever notre courage abattu.

Nous étions alors, en 1789, vers la fin du mois de juin ; je le vis entrer avec un air plus gai que de coutume ; je le remarquai et je m'empressai de lui en demander la raison. « C'est, me répondit-il, que je vous apporte de bonnes nouvelles. » Il y avait long-temps qu'un pareil mot n'avait frappé mes oreilles ; je le fis répéter, crai-gnant d'avoir mal entendu. » Oui, monsieur, de bonnes nouvelles, pour-suivit-il, votre captivité va bientôt cesser ; j'ai quelques données qui ne me laissent aucun doute à cet égard. Je ne puis pas vous en dire davantage dans le moment actuel ; mais, prenez courage, le moment de votre déli-vrance approche ; encore un peu de patience, et vous toucherez au terme de vos maux ; espérez, je vous réponds que tout ira bien.

Dans l'ignorance profonde où j'étais de ce qui se passait en France, je ne pouvais deviner sur quoi se trouvait fondée l'opinion de Prudent, et je re-gardai même sa nouvelle comme un nouveau palliatif qu'il cherchait à em-ployer pour adoucir notre situation ; mais il me répétait chaque jour, et avec une telle assurance, que tout allait au gré de nos désirs, qu'à la fin je finis par le croire.

Trois semaines s'écoulèrent entre l'espoir que m'avait donné Prudent de notre prochaine délivrance et l'événement auquel nous dûmes notre liberté, et dont je vais rendre compte. Nous étions à table, c'était le 14 juillet, lorsque nous entendîmes tirer le canon : ce bruit était nouveau pour nos oreilles qui n'y étaient plus accoutumées, et j'avoue que j'en fus un moment effrayé. Je me croyais au bout de la France, dans un canton-séparé pour ainsi dire de tout commerce humain ; en rapprochant ce que m'avait dit Prudent et ce qui se passait, je ne savais qu'imaginer sur notre position.

Maria pâlit ; je m'empressai de la rassurer, et je me rassurai moi-même dans la persuasion où j'étais que, quelque chose qui pût arriver, nous n'avions rien à craindre, puisque nous ne pouvions pas être plus malheureux. Cependant le canon continuait de tirer, et la distance inégale des coups, qui se succédaient assez rapidement, annonçait qu'il se livrait près de nous un combat ; mais entre qui et à quel sujet ? c'est ce qu'il nous était impossible de deviner.

Nous étions dans une perplexité qui croissait de moments en moments lorsque Prudent entra dans la chambre ; son air serein n'annonçait rien que de satisfaisant. Je lui demandai d'où provenait la canonade que nous entendions. « De l'attaque de la Bastille, me répondit-il, qu'on bat en brèche dans ce moment, et qui ne tardera probablement pas à être rendue.—De la Bastille ? répliquai-je avec étonnement.—Oui, monsieur, de la Bastille. — Mais elle est à Paris.—Sans doute. —Et nous.....—Où croyez-vous donc être ? — Je ne sais, mais bien loin. — Vous n'en êtes qu'à cinq cents pas. » On peut juger de ma surprise : je me croyais à cent lieues au moins de la capitale. Prudent s'en aperçut, et je ne lui en cachai pas le sujet. « Oui mon- sieur, poursuivit-il, vous êtes à Paris.

J'auaias désiré qu'il eût dépendu de moi de vous instruire plus tôt ; mais une indiscrétion à cet égard aurait pu nous être nuisible, et j'ai cru devoir préférer votre repos au vain plaisir de satisfaire votre curiosité. Il ne m'est pas encore possible de m'expliquer assez clairement pour me faire comprendre ; mais qu'il vous suffise de savoir qu'il était de la plus grande importance pour vous que je continuasse d'être votre gardien. Un seul mot indiscret pouvait nous perdre tous. Il y a quelques jours que j'ai cru devoir vous annoncer le terme de votre captivité ; j'espère plus que jamais que d'un moment à l'autre vous serez rendus à vous-mêmes. »

Tout ce que me disait Prudent me paraissait tellement extraordinaire et même hors de vraisemblance, que je ne savais si je devais y ajouter foi ; je ressemblais à un homme qui se réveille après un rêve pénible, et je n'étais pas encore assez remis pour parvenir à classer mes idées. Cependant la canonade venait de cesser, et Prudent m'assura que c'était un signe indubitable de la victoire qui venait d'être remportée par le peuple.

Je le priai de me mettre au fait de ce qui s'était passé dans le royaume depuis ma détention, afin de pouvoir comprendre quelque chose à l'étrange nouvelle qu'il venait de m'annoncer; il me satisfit en peu de mots; puis il ajouta que l'on allait exécuter le projet qui avait été formé de mettre en liberté ceux qui se trouvaient détenus injustement, et que sous ce rapport nous ne pouvions pas manquer d'y être compris. « Hélas! lui dis-je, en soupirant, il n'y aura que cette maison dont les portes ne s'ouvriront point; elle n'est pas connue pour un lieu d'arrêt, et nous finirons nos jours sans l'espoir de voir jamais briser nos fers. — Crainte mal fondée, reprit-il, revenez de votre erreur; ne suis-je pas là? Je veille à vos intérêts comme aux miens propres. Je saurai bien, faire connaître cette maison pour ce qu'elle est ; mais le moment n'est pas encore arrivé : soyez tranquille, vous n'avez pas encore huit jours à demeurer ici. J'ai mon projet en tête, mais il me faut rien jeter au hasard ; de la prudence, et tout ira bien. Je vais savoir ce qui se passe au dehors, et je viendrai vous en rendre un compte exact et fidèle. »

Un événement aussi singulier ne pouvait que brouiller mes idées, d'autant que je n'étais point assez au fait des causes qui l'avaient amené, pendant que j'étais séparé du monde ; il me fallait, pour y mettre de l'ordre, des connaissances que je ne pouvais pas acquérir. Prudent y pourvut en m'apportant un paquet considérable de papiers publics que je ne lus pas, mais que je dévorai : au moyen des éclaircissements qu'ils me fournirent, je ne tardai pas à me mettre au courant des affaires du jour ; mais je n'en demeuai pas moins surpris d'une révolution aussi subite et aussi générale.

Prudent, qui justifiait en toute occasion le nom qu'il portait, crut devoir, pour ménager ma sensibilité, me cacher les événements affreux qui suivirent la prise de la Bastille ; je ne les appris que par les gazettes, et j'y avais été préparé de manière à diminuer l'impression qu'ils auraient pu faire sur moi.

Pour la pauvre Maria, qui n'entendait rien à la politique, elle ne voyait et n'attendait rien que le moment où nos fers seraient brisés ; elle n'aspirait qu'à retourner dans le champêtre asile où nous espérions réunir la paix et le bonheur. Son plus grand tourment, comme elle ne cessait de me le dire, était de me voir enveloppé dans la proscription prononcée contre elle, et de me rendre le repos dont ma bienfaisance m'avait privé.

Nous jouissions, depuis la prise de la Bastille, d'une liberté plus grande que nous n'avions joui avant cette époque : nous pouvions nous promener à toute heure et aussi longtemps que nous le désirions ; la porte de la chambre restait ouverte, et nous allions et venions sans difficulté. Prudent me procurait non-seulement tous les papiers publics, mais encore cette foule de pamphlets qu'enfantaient à l'envi la soif du gain et l'exaspération des différents partis qui se provoquaient et se déclaraient mutuellement la guerre sans mesure. L'esprit de parti s'y montrait trop à découvert pour que je pusse asseoir un jugement certain sur tout ce qui se passait.

Nous dînions régulièrement avec notre geôlier, de la société duquel nous ne pouvions plus nous passer ; il ne manquait ni d'esprit, ni de connaissances, et il est aisé de s'apercevoir que son éducation avait été soignée. C'était un consolateur que le ciel semblait nous avoir envoyé pour adoucir notre disgrâce. Je l'avais jugé depuis longtemps comme fort au-dessus de son état, et je l'aurais préféré même à beaucoup de mes égaux, qui ne le valaient ni par les mœurs, ni par les sentiments.

Trois jours s'étaient écoulés depuis la prise de la Bastille, et nous étions encore prisonniers. En entrant le matin dans ma chambre, Prudent m'annonça que la plupart des princes s'étaient dérobés par une prompte fuite aux dangers dont leur tête était menacée : ils étaient allés chercher sur des plages étrangères un asile que leur patrie ne pouvait plus leur offrir. Cette nouvelle était d'autant plus avantageuse pour nous, que rien ne s'opposait plus à ce que les portes de notre prison s'ouvrissent : aussi Prudent me promit-il que s'il ne recevait point avant trois jours de réponse à la demande qu'il avait formée à cet égard, il prendrait sur lui de nous rendre la liberté : nous la recouvrâmes le même jour, par la suite de l'événement dont je vais rendre compte dans le chapitre suivant.

CHAPITRE XVI.

Nous finissions de dîner, Maria, Prudent et moi, lorsque nous entendîmes des cris confus, étouffés par des clameurs plus fortes qui se propageaient d'une manière effrayante à mesure qu'elles paraissaient approcher : Prudent se levait pour aller voir ce dont il s'agissait, lorsque nous vîmes entrer un guichetier, saisi de terreur, et qui pouvait à peine s'énoncer, tant la frayeur avait glacé ses sens. Il venait avertir Prudent qu'une troupe armée de torches et de brandons allumés, s'avançait en tumulte vers la maison qu'elle voulait incendier, parce qu'elle appartenait au comte de ***.

Maria pâlit, et j'avoue que je n'étais pas tranquille : je sentais tout le danger d'une effervescence de cette nature; il n'est pas très-facile d'arrêter la multitude, lorsqu'elle est une fois en mouvement et qu'elle se croit autorisée par un principe de justice à commettre les plus grands excès. Je tâchai de rassurer Maria, et de lui inspirer une confiance que j'étais loin d'avoir moi-même.

Cependant le tumulte croissait, et tout semblait annoncer une explosion terrible. Prudent ne fait qu'un saut de ma chambre dans la rue; il s'élance au milieu de cette troupe de furieux, et retenant les plus déterminés : « Qu'allez-vous faire ? leur dit-il, brûler cette maison ? la détruire ? Votre ressentiment est fondé, votre projet est sage ; mais il faut, avant de l'exécuter, sauver les prisonniers qui sont détenus dans ces murs, et qui deviendraient les victimes de votre vengeance; leur seul crime est d'être malheureux, et votre intention n'est pas de les en punir. — Non, non, s'écrierent-ils d'une voix unanime : où sont-ils? — Je vais vous conduire auprès d'eux. » Ce peu de mots apaise les plus mutins : ils volent de bouche en bouche, et la fureur de cette horde forcenée se calme aussi promptement qu'elle s'était allumée.

Prudent marche à la tête de ces nouveaux baladins ; il fait ouvrir les portes de la maison, il entre avec eux, et les conduit à ma chambre. Se doutant bien de l'effet que cette visite imprévue devait produire sur nous, il se hâta de nous rassurer en disant : « Vos liens sont brisés, rendez-en grâces à ces braves gens qui viennent de vous rendre à la liberté. » Ce discours et le ton d'assurance avec lequel il était prononcé, nous remirent de notre premier effroi. Nos libérateurs le confirmèrent par leurs applaudissements et s'emparèrent de nos personnes comme d'un trophée qui attestait leur victoire, pour nous conduire à l'Hôtel-de-Ville, centre de la nouvelle admi nistration qui gouvernait Paris depuis le 14 juillet.

Le projet de mettre le feu à la maison était déjà oublié; et comme de nouvelles circonstances les avaient entraînés vers un autre but, ils y avaient renoncé avec autant de légèreté qu'ils l'avaient conçu. On se mit bientôt en chemin. Nous étions, Maria et moi, portés sur une espèce de pavois, à côté duquel marchait Prudent. Nous n'étions pas éloignés de la barrière du Trône, lorsque ce dernier, qui avait son projet en tête, arrêta la troupe de nos libérateurs pour lui proposer de se rafraîchir; il faisait chaud, cette offre fut accueillie avec transport. Nous étions précisément vis-à-vis d'une guinguette, où nous entrâmes. Prudent jeta quelques louis sur le comptoir, en disant au marchand de vin de fournir tout ce qu'on demanderait. On nous fit passer dans une petite salle pour nous remettre du trouble qu'une scène de cette nature devait nous avoir causé, et dont nous n'étions pas encore bien revenus. Prudent vint nous y rejoindre au bout d'un quart d'heure et nous dit : « Vous voilà libres, c'est tout ce que je désirais ; mais les moments sont précieux, il faut profiter de la circonstance. Quoique vos libérateurs n'aient pas de mauvaises intentions, il est bon néanmoins de tâcher de leur échapper. Saisissons le moment où ils sont occupés à boire ; sortons sans rien dire ; j'aperçois des voitures à la barrière ; montons dans la première venue ; nous gagnerons un autre quartier avant qu'ils s'aperçoivent de notre évasion. »

Nous sortîmes en effet sans avoir été vus, même du maître de la maison, qui était occupé à servir ses hôtes ; et ayant gagné la barrière, qui n'était qu'à deux pas, nous prîmes une voiture de place. Prudent nous fit conduire dans un hôtel garni où il était connu : je fis emplette chez un sellier voisin d'une chaise de poste qui s'y trouvait à vendre ; je louai deux chevaux pour nous conduire jusqu'à la première poste ; et, comme les barrières avaient été rouvertes la veille, nous profitâmes de la circonstance pour nous rendre à la Barre. L'abolition des lettres de cachet ne nous laissait aucune crainte, et nous partîmes sans inquiétude.

Nous nous séparâmes à regret de notre bon ami Prudent : nos adieux furent tendres ; Maria laissa même échapper quelques larmes, dont je lui sus le meilleur gré. Cet homme, vraiment unique en son espèce, voulut me remettre environ cinquante louis qui lui restaient encore ; mais on juge bien que je les refusai. Ils m'étaient d'autant moins nécessaires, que j'en avais moi-même deux cents dont je pouvais disposer. Je fis les plus grandes instances pour l'engager à les partager avec moi ; mais il n'y eut pas moyen de le convertir sur cet article.

J'insistais pour lui payer au moins ses déboursés. Il me répondit en riant que quelque jour il viendrait me présenter son mémoire, et qu'alors nous compterions. Il nous quitta en disant qu'il allait retourner à la maison que nous avions trop longtemps occupée, pour voir ce qui s'y passait, et mettre ses effets à l'abri du pillage, en cas que nos libérateurs y revinssent, comme il n'en faisait aucun doute. Nous l'invitâmes fortement à venir nous voir lorsqu'il aurait terminé les affaires qu'il avait à régler dans son pays, mais nous étions encore tellement étourdis de ce qui venait de se passer autour de nous, que nous oubliâmes réciproquement de nous donner nos adresses : j'en eus eu un chagrin mortel ; je ne m'en ressouvins qu'à deux lieues de Paris, ou plutôt ce fut Maria qui m'en fit ressouvenir. Je voulais retourner sur mes pas, espérant de le trouver encore dans la maison où je savais qu'il devait se rendre ; mais comme, en traversant Paris, nous avions été à même de juger de la fermentation qui bouleversait encore toutes les têtes, la crainte de retomber dans le péril auquel nous étions échappés comme par miracle, nous fit poursuivre notre route. La prudence me dicta cette résolution, et je crois que je fis bien d'y tenir, remettant à un moment plus favorable le soin de lui fournir les moyens de nous réunir ; je lui avais d'ailleurs assez fait connaître la situation de ma Thébaïde, pour qu'il ne lui fût pas impossible de la découvrir.

Je dois dire, à la gloire de cet aimable jeune homme, que je n'ai jamais connu personne qui fût plus digne d'être aimé ; il occupe dans mon cœur une place que ni le temps, ni les circonstances ne lui feront jamais perdre ; je m'honorerai toujours d'être son ami ; et dans quelque position que je puisse me trouver, je ne rougirai pas de l'avouer pour tel.

Nous voyageâmes toute la nuit, et le

lendemain d'assez bonne heure, nous arrivâmes à la Barre, sans avoir éprouvé la moindre difficulté, ni fait de rencontre dangereuse, circonstance d'autant plus remarquable, qu'on eût pu nous prendre pour des ennemis du système actuel, et nous traiter en conséquence. Je me gardai bien de communiquer mes craintes à Maria; mais je ne fus véritablement tranquille qu'au moment de notre arrivée. Je trouvai ma maison dans le meilleur état : c'est une justice que je dois rendre à tous ceux qui m'étaient attachés ; ils l'avaient gouvernée pendant mon absence avec une économie digne des plus grands éloges. Notre retour fut une fête pour ces braves gens; ils en auraient même témoigné avec éclat leur satisfaction, si je m'y fusse opposé par prudence ; ils sentirent mes motifs, et s'y conformèrent. Il est une circonstance que je ne dois pas omettre, quoique peu essentielle en elle-même, mais qui ne mérite pas néanmoins d'être passée sous silence. J'avais un chien de basse-cour de la plus belle espèce, et qu'on m'avait donné fort jeune et qui m'était attaché d'une façon toute particulière. Notre voiture était à peine à la porte de la grille, qu'averti par son instinct, il m'annonça par des cris de joie et des aboiements si extraordinaires, qu'il mit toute la maison en rumeur. Il voulait à toute force rompre sa chaîne; et ses efforts étaient tels, qu'on fut obligé de le mettre en liberté. Il n'est sorte de caresses qu'il ne me fît, ainsi qu'à Maria, qui l'aimait beaucoup, et qui lui donnait tous les jours à manger de sa main. Il jappait, sautait autour de nous et nous léchait les mains : je remarquai de grosses larmes qui sortaient de ses yeux. Le postillon, les chevaux même, eurent part aux transports de sa joie ; il semblait vouloir les remercier de nous avoir ramenés. Les caresses de ce pauvre animal me touchèrent profondément ; pour Maria, elle pleurait, comme on dit, à chaudes larmes. Je payai généreusement le postillon qui nous avait conduits ; je lui fis donner amplement à déjeuner, et il partit en nous comblant de bénédictions. Il faut souvent si peu de chose pour contenter ces sortes de gens, que je ne sais comment il se trouve des voyageurs qui s'exposent à voir des différends avec eux. Mon jardinier me fit remarquer que, par un hasard tout à fait singulier, la chaise de poste que j'avais achetée à Paris, et dont je m'étais servi pour revenir à la Barre, était la même qu'à mon retour de Morlaix j'avais abandonnée dans une auberge à quelques lieues de cette ville. Je la reconnus en effet, mais sans pouvoir deviner comment il se faisait qu'elle fût revenue en ma possession.

Après les secousses violentes que nous venions d'éprouver et un séjour de près de deux années dans une maison malsaine et peu commode, nous avions besoin d'un profond repos pour rétablir notre santé. Quelques jours suffirent pour rendre à Maria son embonpoint et sa fraîcheur ordinaire; mais je fus plus longtemps à réparer mes forces. J'avais alors plus de soixante ans; l'infortune et les chagrins avaient altéré la vigueur de mon tempérament, et j'eus besoin de beaucoup de ménagement pour ne pas succomber à l'excès des maux qui m'avaient accablé. Cependant je me rétablis peu à peu; la tranquillité dont je jouissais, et la cessation de toute inquiétude, tant sur mon sort que sur celui de mon intéressante pupille, entrèrent pour beaucoup dans l'espèce de régénération qui se fit en moi; elle s'opéra même avec assez de promptitude, pour qu'en moins de six semaines, ma santé devînt aussi bonne que je pouvais le désirer.

CHAPITRE XVII.

Après l'étonnante révolution qui

venait de changer la face de la France, je n'avais plus à craindre de perdre ma liberté, du moins pour la cause qui m'en avait privé pendant si long-temps. Je résolus de faire un nouveau voyage en Bretagne; j'avais un double intérêt pour m'informer du sort de madame de Ponty; elle avait été comme moi, victime du plus affreux despotisme, et j'espérais, dans le cas où elle serait retournée dans sa maison, de tirer d'elle quelques éclaircissemens sur la nuit profonde qui enveloppait la naissance de Maria. Quoique je n'eusse plus rien à craindre ni pour moi, ni même pour elle, je crus néanmoins devoir prendre les précautions que la prudence me suggéra, pour voyager avec moins de gêne et ne compromettre d'aucune manière cette intéressante créature. Je lui fis prendre une seconde fois des habits d'homme, et sous ce travestissement, que personne ne pouvait soupçonner, nous arrivâmes à Morlaix. Je descendis à la même auberge où nous avions déjà logé lors de notre premier voyage et dont je n'avais pas eu lieu de me plaindre.

Dès le jour même je fus à la maison de madame de Ponty, j'y trouvai cette dame, qui n'y était revenue que depuis un mois. Elle m'apprit qu'elle avait été détenue pendant près de cinq ans dans le couvent de Sainte-Perrine, à Chaillot près Paris, sans avoir aucune communication avec personne du dehors. A la liberté près, elle y avait été très-bien traitée. Quelques jours après le 14 juillet on lui annonça qu'elle était libre de se retirer où elle le jugerait à propos. Elle partit aussitôt pour Morlaix, où elle avait hâte de se rendre : elle y trouva sa maison dans le même état où elle l'avait laissée, et s'en remit en possession sans éprouver la moindre difficulté. Depuis son retour, elle y vivait aussi tranquille que par le passé.

Dans le cours de la visite que je lui fis, je la mis sur le chapitre de Maria, m'annonçant comme chargé par une personne qui s'intéressait à son sort, de m'informer de ce qu'elle pouvait savoir à son égard. Madame de Ponty ne fit aucune difficulté pour me satisfaire, mais elle n'était guère plus instruite que moi. Je n'ai jamais su, me dit elle, de qui Maria tenait le jour, mais je n'ai pas douté un seul instant que sa naissance ne fût très-distiguée, et qu'elle n'appartînt à une famille aussi riche que puissante. J'ai toujours présumé que le prisonnier qui accompagna la personne qui l'a retirée de mes mains était son père. C'était lui qui l'avait conduite chez moi lorsque je fus chargée du soin de l'élever; et les caresses qu'il lui prodigua pendant le peu de moments qu'il fut libre, m'ont toujours confirmée dans cette idée, mois je n'ai cependant que des présomptions à cet égard. »

Je ne jugeai pas à propos de faire à madame de Ponty aucune confidence relativement à l'existence actuelle de Maria, je la remerciai de ce qu'elle avait bien voulu m'apprendre à son sujet, et je me contentai de lui dire que j'étais tout à fait étranger à cette affaire ; j'ajoutai qu'ayant été conduit, pour raisons d'affaires, dans son voisinage, je m'étais chargé de prendre d'elle les renseignements qu'elle serait dans le cas de me procurer, et que je les transmettrais à la personne qui paraissait y prendre intérêt. Je voulus, avant de la quitter, la sonder sur ce qu'elle pensait que Maria pouvait être devenue. Elle me répondit avec franchise qu'elle aimait cette enfant, dont elle me fit l'éloge, comme si elle eût été sa propre fille, et qu'un de ses regrets était d'ignorer son sort.

Je retournai sur le champ à Morlaix, dont on sait que la maison de madame de Ponty n'était pas éloignée, et je rejoignis Maria à l'auberge où je l'avais laissée. Elle m'attendait avec beaucoup d'inquiétude, espérant d'obtenir, par son moyen, quelques renseignements sur sa naissance : je lui dis qu'il fallait y renoncer, et que l'avenir pourrait déchirer le voile dont ce mystère était enveloppé. Elle désirait beaucoup de voir madame de Ponty, pour laquelle elle avait conservé la plus vive reconnaissance; mais je vins à bout de lui faire entendre raison sur les inconvénients qui pourraient en résulter. Cette visite nous aurait conduits à entrer, vis-à-vis d'elle, dans certains détails dont je ne me souciais pas de lui donner connaissance. Quelque tranquille que je fusse sur les suites de cette affaire, la prudence ne me permettait pas de confier à qui que ce fût un secret de cette importance. Maria en convint, et renferma en elle-même, quoiqu'à regret, les témoignages de sa gratitude.

Voulant y suppléer d'une autre manière, je pris alors des renseignemens

sur madame de Ponty ; ils se trouvè-
rent tous en sa faveur ; et, comme la
situation où j'étais alors me mettait à
portée de lui être utile, je lui fis remettre vingt-cinq louis, sans qu'elle sût à
qui elle avait l'obligation de cette somme. Ce secours devait lui paraître
d'autant plus agréable qu'elle était en
ce moment fort gênée, par le non-
paiement de ses rentes et de sa pen-
sion, suspendues pendant le cours de
sa captivité. Je chargeai une personne
sûre de cette opération, dont je crus
devoir dérober la connaissance à Maria.
Mon projet en me conduisant ainsi,
était de mettre son cœur à une petite
épreuve, dont je ne doutai pas qu'elle
sortît triomphante. Nos affaires terminées, nous quittâmes Morlaix, et,
comme nous nous trouvions dans une
position toute différente qu'à notre
premier voyage, nous nous arrêtâmes
partout où la curiosité nous fit juger
de séjourner. Cette espèce de promenade nous fut infiniment agréable, et

contribua même à affermir notre santé, qui devint meilleure qu'avant notre départ.

En passant à l'auberge où, quelques années auparavant, j'avais laissé la chaise de poste, qui, par un hasard assez singulier, m'était revenue, je demandai à l'hôte pour quel motif il s'en était défait. Il me répondit qu'il y avait été contraint. Elle était restée sous sa remise jusque vers la fin du mois d'avril 1789, qu'un avocat, député du bailliage de Rennes à l'assemblée des États-Généraux, s'en était emparé malgré lui. Obligé de séjourner dans sa maison par suite d'une incommodité assez grave qui lui était survenue, il avait perdu sa place à la diligence, et se trouvant pressé d'arriver pour assister à l'ouverture des États, il la lui avait empruntée avec promesse de la lui renvoyer sans délai, ce qu'il n'avait point fait. Il le reconnut, et me demanda comment je l'avais recouvrée. Je le satisfis en peu de mots; il me proposa, si je l'exigeais, de m'en remettre le prix à dire d'arbitres ; mais, satisfait de son offre et de sa probité, je ne l'exigeai pas. Je lui demandai seulement le nom de ce député, me proposant de débrouiller, au premier voyage que je ferais à Paris, le chaos de cette affaire, qui ne laissait pas que de piquer ma curiosité. Au bout de quelques jours, nous arrivâmes à la Barre, un peu fatigués, mais jouissant d'ailleurs d'une très bonne santé. Je revis avec plaisir mes paisibles foyers, et Maria reprit, avec les habits de son sexe, ses occupations favorites. Au bout de huit jours, je lui proposai de m'accompagner à Paris, où j'avais dessein de faire un voyage avant le retour de la mauvaise saison. Mon but était d'y découvrir, s'il était possible, la demeure du généreux Prudent, à qui nous avions tant d'obligations, et qu'il me tardait de revoir pour le serrer entre mes bras, et lui donner des preuves de mon amitié, en l'invitant à partager mon sort et ma fortune.

La fuite précipitée de notre persécuteur avait brisé nos chaînes; je ne craignais plus que l'injuste glaive s'appesantît de nouveau sur notre tête, et que le gouffre d'une prison s'ouvrît pour nous engloutir. Cependant pour que Maria pût jouir d'une plus grande liberté, et surtout qu'elle fût moins exposée, fidèle au plan qui m'avait si bien réussi, je lui fis reprendre une troisième fois ses habits d'homme, et le nom d'Eugène, qu'elle avait coutume de porter en pareille circonstance. Ce travestissement lui allait si bien que personne n'était dans le cas de le soupçonner. Nous partîmes vers le mois de septembre, et nous fûmes descendre à l'hôtel de l'Empereur, rue de Richelieu, dont j'avais eu lieu d'être satisfait toutes les fois que j'y étais descendu. Paris, à cette époque, était assez tranquille, sauf une certaine fermentation sourde qui régnait parmi le menu peuple : des agitateurs stipendiés par un parti puissant, qui ne se cachait plus, ne cessaient de le mettre en mouvement pour le faire concourir à l'exécution de ses audacieux projets: à cela près, on y trouvait, comme par le passé, tous les agréments, tous les plaisirs qu'on pouvait désirer ; on n'avait, à proprement parler, que la peine d'en faire le choix. Je conduisis Maria aux differents théâtres, c'était pour elle un amusement d'un nouveau genre, auquel elle parut prendre beaucoup de goût. Ce ne fut pas sans satisfaction que je remarquai que c'était aux chefs-d'œuvre de nos grands maîtres qu'elle donnait la préférence. Une prédilection aussi marquée faisait honneur à la pureté de son goût, et je m'en applaudissais.

Tout en nous livrant à ces innocents plaisirs, je ne perdais pas de vue l'objet principal de mon voyage. Nous prîmes, un matin, Eugène et moi, une voiture de place, et nous nous fîmes conduire aux environs de la maison qui nous avait trop longtemps servie d'asile. J'eus quelque peine à la retrouver, parce qu'il n'existait plus à sa place qu'un amas de décombres; je ne la reconnus qu'à la disposition du jardin, qui, malgré les ravages qu'on y avait exercés, conservait encore une partie de sa forme.

Je questionnai, à ce sujet, une femme qui travaillait sur une porte à quelques pas de là, et qui, en sa triple qualité de femme, vieille et portière, ne demanda pas mieux de raconter ce qu'elle savait : elle en pouvait parler avec certitude, puisqu'elle avait été témoin de ce qui s'était passé. Elle m'apprit que cette maison appartenait au comte de***, qui en avait fait un chenil; que depuis plusieurs années elle avait changé de destination, et qu'en dernier lieu elle servait à renfermer des prisonniers d'État, qu'on disait être d'une haute importance; elle ajouta qu'après le 14 juillet, ces prisonniers avaient été délivrés par le

peuple ; mais que pendant que leurs li
bérateurs étaient à se rafraîchir, ils
avaient trouvé moyen de s'échapper,
de sorte que la cause de leur détention
était inconnue, aussi bien que leurs
personnes ; que leur geôlier, qu'on
avait intention de punir, pour s'être
prêté au ministère qu'il avait exercé,
s'était échappé de même, après avoir
enlevé les effets et les meubles qui
garnissaient la maison, et que depuis
on n'en avait pas plus entendu parler
que des prisonniers. Elle acheva son
récit en disant que le peuple furieux
avait tourné sa rage contre la maison,
qu'il avait incendiée et mise dans l'état
où elle était encore.

Je remerciai cette bonne femme de
la complaisance qu'elle avait eue
d'entrer dans ces détails, dont une
partie ne nous était que trop connue,
et nous regagnâmes notre voiture,
assez chagrins de n'avoir pu découvrir la demeure de notre vertueux
ami, mais satisfaits d'avoir appris qu'il

avait échappé à la fureur du peuple. Toute ma crainte, et je m'étais bien gardé de la communiquer à Maria, toute ma crainte était qu'il ne fut tombé entre les mains de ces hommes égarés, qui auraient cru faire une œuvre méritoire en le punissant d'avoir été l'instrument de la vengeance.

Je fis, pour parvenir au but que je m'étais proposé, d'autres perquisitions dans différents quartiers de Paris, où je présumais qu'il pouvait être connu ; mais toutes furent inutiles, et je regrettai plus que jamais l'étourderie que j'avais faite de ne lui avoir point donné mon adresse avant de nous séparer.

En passant un jour devant le sellier chez qui le jour de notre délivrance, j'avais acheté la chaise de poste qui m'avait appartenu, je fus curieux d-m'informer de qu'elle main il la tee nait, et j'entrai, pour m'en instruire, dans sa boutique. Il me dit qu'il l'a-

vait achetée le matin même du jour
ou il me l'avait vendue, d'un particulier qu'il ne connaissait pas, mais
qui, d'après le rapport de son domes-
tique, était député du tiers aux États
Généraux. Pressé de ramasser quelque argent, pour couvrir en partie
une perte considérable que, la nuit
précédente, il avait faite au jeu, il
s'était décidé à la vendre; et, pour
s'en défaire promptement, il l'avait
cédée à bon compte. Je lui demandai
là demeure et le nom de ce particulier, mais il ne put me satisfaire à cet
égard, l'ignorant l'un et l'autre. J'a-
vais assez de renseignements pour débrouiller ce mystère, si l'objet en eût
valu la peine; mais il était trop au-
dessous de moi pour m'en occuper
plus long-temps, et j'y renonçai.

L'objet de notre voyage se trouvant
rempli, nous reprîmes le chemin de
la Barre la veille du 4 octobre; nous
eûmes le bonheur de n'être pas témoins du nouveau mouvement révo-

lutionaire qui eut lieu le surlende-
main. Nous l'apprîmes par les papiers
publics, quelques jours après notre
arrivée, et nous nous félicitâmes d'a-
voir quitté Paris assez à temps pour
nous soustraire au spectacle affreux
qui signala cette horrible journée.

CHAPITRE XVIII.

Pendant que les orages de la révolution grondaient sur la France, que
le carnage, l'incendie et la mort
exerçaient à l'envi leurs fureurs meur-
trières, et qu'on enchaînait, au nom
de la liberté, ceux qu'on présumait
n'en être pas partisans, nous, nous
jouissions, dans notre retraite de la
tranquillité la plus profonde. La lueur
des torches n'éclairait pas nos heureux
coteaux, et les cris des victimes qui
se débattaient sous le glaive des assas-
sins ne fatiguaient pas les échos de

nos riants vallons. Notre canton était un élysée ou ne pénétraient point les accents convulsifs des coupables habitans du Tartare Nos jours s'écoulaient sans trouble et sans orages; la confiance et l'amitié exerçaient autour de nous le plus doux empire et cimentaient à l'envi notre bonheur. Maria me les inspirait dans toute leur étendue; je l'aimais comme j'eusse aimé ma fille, et, de son côté elle avait pour moi les sentiments que l'on doit à un père tendre et chéri.

Maria touchait à sa dix-septième année; sans être belle, l'ensemble de sa figure était régulier, son regard noble et doux, et son maintien décent et rempli de grâces; sa taille était haute mais bien prise; fraîche comme une rose, elle en avait l'éclat : on n'eût point dit en la voyant : qu'elle est belle ! mais il n'est personne qui n'eût désiré de lui plaire et de fixer son cœur. Il était temps de lui assurer ma fortune dans le cas ou je viendrais à mourir; je commençais à prendre de l'âge, et je voulais être tranquille sur son sort. Je n'avais point d'héritiers, et je ne faisais tort à personne. Je m'occupais sans relâche de ce projet, que j'avais à cœur de réaliser, et je cherchais tous les moyens possibles d'y parvenir d'une manière irrévocable.

Un jour que, me promenant seul dans les environs de mon petit domaine, je méditais sur cette donation, à laquelle j'attachais le repos du reste de ma vie, je fis rencontre d'une espèce de pèlerin, en faveur duquel l'extérieur ne prévenait pas. Il paraissait accablé de la misère la plus affreuse, ses habits tombaient en lambeaux; une barbe épaisse lui donnait un aspect hideux; ses yeux, quoique éteints en partie, brillaient encore d'un éclat imposant; ses traits enfin haves et défigurés par l'infortune, semblaient témoigner combien il avait dû souffrir. Cependant on remarquait à travers les haillons dont il était couvert, une aisance et une noblesse dans sa tournure, qui paraissait annoncer qu'il n'était pas né pour un état aussi vil. Pouvant à peine se soutenir sur ses jambes, il s'arrêta près de moi, et me regarda, tans proférer une parole, d'un air sriste, mais noble et décent, qui semblait implorer ma compassion. Jé tirai un écu de six francs de ma poche et le lui présentai; mais à mon grand étonnement, il le refusa. « Tout à plaindre que je parais être et que je suis en en effet, me dit-il d'une voix éteinte et cassée, je ne demande point l'aumône; non, monsieur, je ne la demande pas; je ne suis pas né pour m'avilir à ce point. J'aimerais mieux périr de misère et de faim au pied d'un arbre que de tendre aux passants une main suppliante. Mais si votre cœur peut s'ouvrir à la pitié pour un homme qui n'a pas mérité l'horrible infortune qui l'accable, j'oserai vous demander de m'accorder, s'il est possible, pendant quelques jours, pendant une nuit seulement, la faveur d'être admis dans votre maison. Je sais que je n'ai d'autres titres que mes malheurs pour réclamer votre bienfaisance, et que la misère profonde ou je suis tombé ne doit pas inspirer beaucoup de confiance en moi; mais je vous prie au nom de l'humanité souffrante et dédaignée, de ne pas me refuser la grâce que je vous demande. Je suis dans un état d'abandon, d'épuisement et de détresse dont vous ne pouvez pas vous former une idée. Il ne me reste d'autre ressource... que la mort, et j'ai trop de principes et de courage pour me la donner. Le ciel m'a mis sur terre pour lutter contre l'infortune, et je remplirai jusqu'à la fin la tâche pénible qu'il n'a imposée ; le terme de mes maux n'est sans doute pas éloigné, je le sens qui s'approche; mes forces sont épuisées; je suis anéanti, je n'en puis plus.»

En prononçant ces derniers mots, il se laissa tomber sur la pelouse, n'ayant plus la force de se soutenir; il me parut expirant. Sa pâleur annonçait qu'il n'avait plus que quelques instants à vivre. Ce spectacle touchant émut vivement mon cœur, que l'accent plaintif de sa voix presque éteinte avait profondément pénétré. Je m'empressai de lui prodiguer les premiers soins qu'exigeait son état; je lui fis respirer des eaux spiritueuses qui le ranimèrent un peu, et j'eus la satisfaction de le mettre en état d'attendre des secours plus efficaces. Je l'aidai à s'asseoir au pied d'un arbre; et lui laissant mon flacon pour qu'il pût s'en servir au besoin, je courus à ma maison, dont heureusement je n'étais pas fort éloigné; la première personne que j'y rencontrai fut mon jardinier, à qui je dis ce dont il s'agissait, et qui n'eut rien de plus pressé que de m'accompagner. J'avais eu la précaution de me munir d'un biscuit et d'un petit carafon de liqueur.

dont je commençai par lui faire prendre un verre. Ce peu de nourriture ranima bientôt ses forces que le défaut d'aliments avait épuisées. Il se trouva quelques instants après en état de se tenir sur ses jambes, et nous parvînmes, à l'aide de mon bras et de celui de mon jardinier, à le conduire à la maison. Je lui fis préparer un consommé pour achever de le rendre à la vie. Il m'avoua que, rebuté de toutes parts, par le peu de confiance qu'inspirait sa misère, il n'avait subsisté depuis quatre jours que de fruits sauvages, encore en petit nombre, qu'il s'était procurés, après beaucoup de peines et de fatigues, dans les bois qu'il avait parcourus.

Cependant on l'avait dépouillé de ses haillons pour lui mettre du linge blanc et le revêtir d'habits plus propres, que le jardinier s'offrit à lui donner, et qu'il accepta avec reconnaissance, mais non sans verser quelques larmes, dont je devinai facilement le motif. Quand il eut pris un peu de nourriture, je le fis coucher dans un lit qu'on lui avait préparé, et je recommandai qu'on en prît le plus grand soin.

Cet homme, je ne sais pourquoi, m'inspirait un intérêt plus pressant et plus direct que celui qu'on éprouve en général pour tous les infortunés à qui l'humanité fait un devoir de tendre une main secourable. Je m'imaginai, sans doute a tort, que le récit des circonstances qui l'avait dans un état de détresse aussi affreux, me conduirait peut-être à des résultats qui pourraient ne mêtre pas étrangers, et j'attends avec impatience que le retour de ses forces lui permît de me satisfaire sur ce point.

Une chose qui m'étonnait surtout, c'était de voir Maria, naturellement fière et dédaigneuse, lui prouver, par les soins les plus empressés, combien elle était sensible à ses malheurs ; et loin de témoigner la moindre répugnance à le servir. veiller elle-même à ce qu'il ne manquât de rien, et le prévenir sur tout ce qu'il était dans le cas de désirer. J'étudiais avec soin sa conduite, et en la comparant avec la mienne, je concevais l'impulsion secrète qui nous faisait agir.

Quelques jours de repos et de bonne nourriture remirent le pauvre pèlerin sur pied; ses forces commençaient à revenir et sa marche était moins pénible. Plus je le considérais, et plus je cherchais à me le rappeler. Ses traits, quoique défigurés par les souffrances qu'il avait endurées, ne me semblaient pas inconnus; et ma mémoire ne me servait pas assez fidèlement pour les retracer à mon souvenir. Son maintien noble et fier n'annonçait pas un homme du commun ; son visage, quoique brûlé par l'ardeur du soleil, conservait encore des traces d'une physionomie distinguée; son regard était doux, mais imposant, et toute sa personne enfin aurait offert un ensemble assez régulier, sans la maigreur affreuse qui rendait son abord effrayant, et semblait repousser la pitié.

Le zèle de Maria ne se ralentissait point : il semblait au contraire prendre chaque jour de nouvelles forces : elle mettait dans ses soins, pour le pauvre pélerin, la même activité qu'elle avait déployée dans le cours de ma maladie ; elle ne voyait que lui, ne s'occupait, pour ainsi dire, que de lui seul. J'étais trop satisfait des preuves multipliées qu'elle donnait de l'excellence de son cœur, pour la contrarier dans l'exercice de sa bienfaisance, mais le prodige qui s'opérait sous mes yeux mettait ma raison en défaut.